LEJOS, cerca...

¿dónde están?

A Nicolás, Anita y Santiago y a todos los niños que con sus preguntas nos regalan constantemente la mágica posibilidad de volver a nuestra niñez.

Mariana Jäntti

nicanitasantiago
LIBROS PARA CHICOS ▪ BOOKS FOR CHILDREN

© Hardenville s.a.
Andes 1365, Esc. 310
Edificio Torre de la Independencia
Montevideo, Uruguay

ISBN 84 —933955-6-0

Impreso en China · Printed in China

LEJOS, cerca...

¿dónde están?

Textos

Mariana Jäntti

Ilustraciones

Osvaldo P. Amelio-Ortiz

Diseño

www.janttiortiz.com

Hola, soy Francisco y estoy
yendo a visitar a mi amiga
Clarita, que vive
a la vuelta de la esquina,
muy cerca de mi casa.
¿Sabes una cosa?
Hasta allí puedo ir solito.
Mamá me da permiso.

Si paso la casa de Clara
y camino un poco más,
llego a la panadería
de don Tomás.
Siempre por la misma acera
sin cruzar la calle.

La plaza está un poco
menos cerca.
"Más lejos", dice mamá.
Y es así, ya que para llegar,
cruzo varias veces la calle
y camino por muchas
aceras, llamadas "cuadras".
Allí nunca voy solo.

Desde la plaza,
no sé volver a casa.
Cerca de la plaza, está la
escuela, el mercado
y la casa de mi tía Julia.
A veces pienso:
¿qué habrá más allá?

¿Adónde llegaría si siguiera caminando?

¡Qué sensación rara! No termino de entender bien esto de los lugares.

Un día escuché
que hablaban de unos
parientes que viven lejos,
EN OTRA CIUDAD.
¿Cómo en otra ciudad?
¿Hay más ciudades?
¿Cómo llego hasta ellas?

Estoy agotado.
Desde que quise
entender algo,
todo fue peor...
Los grandes me llenaron
la cabeza con las
siguientes frases:
Las ciudades están dentro
de países.
Los países, junto con el
mar, forman la Tierra.
La Tierra es el planeta
donde vivimos...
La Tierra flota en el
universo y
bla, bla, bla....

Siento que mi cabeza
comienza a girar y girar
entre ciudades, países,
mares, universo....
¡Ahora sí que estoy
totalmente perdido!

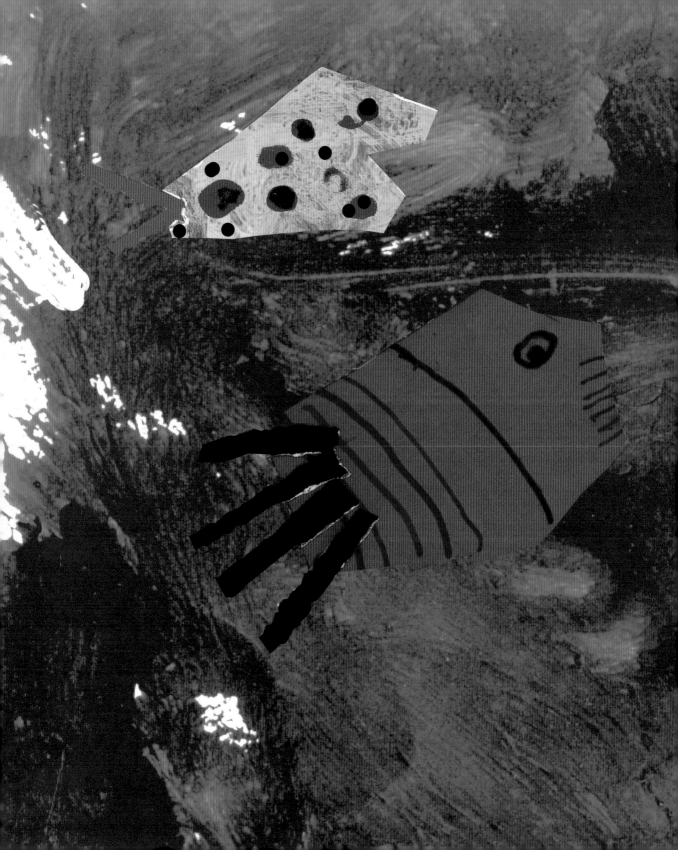

Y ellos siguen queriendo
hacerme entender todo
de una vez.
Entonces, hablan de rutas,
kilómetros, horas de viaje,
viajar en avión, barco,
cruzar mares y demás.

Creo que voy a parar con las
preguntas por un rato.
Las cosas se están
complicando.
¡Y todo por querer saber qué
hay más allá de la plaza!

COLECCIÓN CIERTA DUDA

En esta serie, he querido contar situaciones que preocupan a los niños, situaciones que por su complejidad no alcanzan aún a comprender. Si bien conviven con ellas cotidianamente, resultan una gran incógnita para los más chicos. Son el inicio de un camino de descubrimiento y comprensión.

Es una colección mediante la cual deseo ingresar, a través de la narrativa, en el dilema del espacio y el tiempo y, también, en el de los vínculos familiares.

La perplejidad ante los recorridos espaciales, la dificultad para procesar los datos del tiempo y la dubitación frente al reconocimiento de las personas provocan imprecisión y vacilación en el menor.

En esta colección de tres libros, he querido dejar expuestas estas dudas, para que los niños tengan la certeza de que todos hemos pasado por ellas y que no nos han dejado ni inseguridad ni desconfianza, sino que, por el contrario, resultan imprescindibles para poder dilucidarlas.

MARIANA JÄNTTI

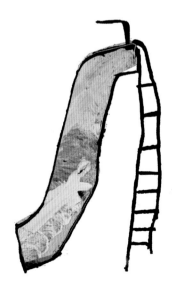

COLECCIÓN CIERTA DUDA

REALIZADO CON EL MÁXIMO DESEO
DE QUE AL LEER ESTE CUENTO
EL NIÑO QUE TIENES A TU LADO HAYA VIVIDO UN MOMENTO DE AMOR.

nicanitasantiago
LIBROS PARA CHICOS ▪ BOOKS FOR CHILDREN